# 당신이 내 곁에
# 있었으면 좋겠습니다

이ᄂ

다온길

# 제1부
# 인생을 그리다

제2부
# 사랑을 그리다

**맺음말**

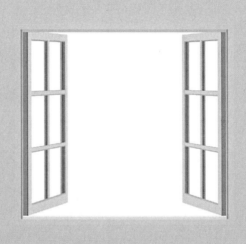

제1부

인생을
그리
다

●

# 시를 쓰기로 하였습니다

너무 아팠습니다
너무 힘들었습니다

그래서 펜을 들었습니다

살기 위해
더 행복해지기 위해

하늘에 점을 그리는 마음으로
펜을 휘날립니다

●

## 반짝반짝

눈이 부시네
저 안에 뭐가
있을까

눈이 부시네
해가 비추네

낮에는 햇빛에
밤에는 달빛에

손에 잡힐 듯
흘려가네

# ● 지금 행복하면 되었지

아이는
큰방에

엄마는
거실에

아빠는
작은방에

각자 따로
있지만

모두
행복하네

같이 있어
행복하네

# 달님

방에 누워
창문 틈으로
들어오는 빛을 보니
눈이 부시네

저벅저벅
눈을 밟으며
복도를 지나는
나그네

밝은 달빛이
눈 위로 쏟아지네

# 인생의 위로

인생은 우리가 걸어가야 하는 긴 여정입니다
수많은 고비와 기쁨과 두려움이 있습니다

인생은 힘들고 고단합니다
가야할 길을 잃고 방황하기도 합니다

하지만 나는 혼자가 아닙니다
가족이 있고 친구도 있습니다

인생이 항상 행복하지는 않습니다
하지만 희망을 놓지 마세요

인생은 우리의 목적지를 찾아가는
긴 여정입니다

우리가 가는 긴 여정에는
많은 이들이 같이 참여해 주고 있습니다

가족한테 위로를 받고
친구나 직장 동료들한테 위로를 받고

우리는 혼자가 아닙니다
많은 이들이 나를 위해 함께 하고 있습니다

# 바람에 멀리 가네

바람이 분다
강변에 있는 의자에 앉아
생각에 빠져 있네

나뭇잎이 바스락거리고
나무가 흔들리고
바람이 불면 하루가 지나지네

지나가는 사람들을 보며
깊은 사색에 잠기네

바람이 불면 나의 희망도
바람이 불면 나의 아픔도
모두 바람에 멀리 멀리 가네

# 나의 인생

나의 인생은 빠르게 지나갔네
나의 인생은 느리게 지나가네

10년을 생각하면 빨리 지나갔지만
어제를 생각하면 느리게 지나갔네

아버님 돌아가신 지 10년이 지났지만
어제같이 생생하게 생각나네

아이가 태어난지 10년이 지났지만
태어나서 손발을 만져본 게 어제같네

인생은 빠르거나 느리네
모든 것이 내 시간 속에 있는 것을

나는 하루하루 내 인생을
사는 것에 만족합니다

## 아버지

오래전에 떠난
아버지

장사를 마치고
집으로 돌아가는
뒷모습이 그립다

새벽이면
주섬주섬 옷을
챙겨 입으시고
나가시던
뒷모습이 그립다

나중에
제가 꼭
안아드릴께요

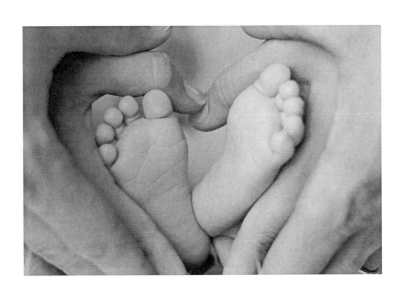

# 그리움 1


고개를
돌리면
눈물이 난다

먼 곳에
두고 온
그리움 때문에

고개를
돌리면
눈물이 난다

눈 앞에
있는
그리움 때문에

# 그리움 2

나는 당신이 보고 싶다
골목 골목 뛰어 다니며 놀던 그때가 좋다
고개를 살짝 살짝 비추는 당신

같이 놀고 같이 고민하고 같이 울던
그때가 정말 그립다

나는 당신 정말 보고 싶다
우리 먼 훗날 그곳에서 다시 만나자

# 하루

변함없이 오늘 하루가 시작됩니다
아이는 눈 뜨자마자 뛰어 나오고
엄마는 소리를 지릅니다

아빠는 눈 뜨자마자 컴퓨터를 켜고
일할 준비를 합니다
우리의 하루는 이렇게 시작됩니다

아침마다 정신이 없습니다
아이는 아이대로
엄마는 엄마대로
모두 정신이 없습니다

각자의 생활을 보내고 집으로 돌아오면
우리는 다시 하루를 시작합니다

저녁을 먹고 아이는 학원 숙제를 하고
엄마는 식사를 마무리하고
아이의 숙제를 봐주고 저녁 늦은 시간에
힘든 몸을 침대에 뉘입니다

우리의 하루는 이렇게 마무리됩니다
내일 다시 만나면 똑같은 일상이
시작될 겁니다
매일매일 반복되는 일상이지만
저는 지금이 가장 행복합니다

# 가을 지나다

옅은 물안개
가을 지나다

찬 기운에 스치는
여인의 얼굴

하얀 백사장 위에
쌓이는 솜사탕
이제 가을이 지나가네

늙은 고양이
집으로 가고
소리없이 가을이 가네

# 가을 오네

작년 가을에
떨어지는 낙엽을 보며
많이 울었네

덜컹거리는
버스 뒷자석에서
한강을 바라보며
많이 울었네

한강 고수부지에서
구름이 가득한 하늘을 보며
많이 울었네

이번 가을에는
많이 웃었으면 좋겠네

# 어머니

밤이 지나고
아침이 오면
어김없이 전화를 한다

따르릉 따르릉
계속 벨이 울리면
마음이 불안해진다

귓가에 어머니
목소리가 들리면
마음이 차분해진다

오늘도 잘 지내시는구나
저도 오늘 하루 잘 지내겠습니다

# 비 오는 날

나도 모르게 발길이 옮겨진 곳
비가 오면 떠오르는 곳

우산이 없어도 좋았던 때
그냥 보기만 해도 행복했네

비 오는 날
그때의 행복이 떠오르네

# 아침

골목에 가로등 불빛이 하나 둘 꺼진다
분주하게 움직이는 사람들

아침 즈음에 하루 일과를
시작하려는 사람들로 버스 정류장이 붐비네

타닥 타닥
분주하게 지하철로 내려가는 어르신들

직장인들이 회사에 오기 전에
청소하시러 가시는 걸까

우리의 아침은
항상 바쁘게 시작됩니다

# 스쳐가는 인연

확인하면 뭘 할까
어차피 스쳐가는 인연인 것을

저 멀리 보이는 당신
혹시 그때

아름다운 밤하늘
맛있는 술 한 잔

인연이 아니면 어떠하리
나쁘지 않은 날이었다

술 한잔 하실래요

●

# 나는 오늘도 걷는다

걷는다
걷는다
걷는다

뛴다
뛴다
뛴다

날다
날다
날다

하지만
나는
오늘도
걷는다

# 행복


창너머로 보이는
인형같은 아이

눈도 못 뜨고
입만 벙긋벙긋 하네

내 손을 꽈악 잡는
아이의 자그마한 손

그렇게 조그맣던 아이가
어린이 집을 가고
유치원을 가고
초등학교에 다니네

매일매일 즐거운 일만
있는 건 아니지만

우리 가족이 같이 있는
지금이 행복하다

# 살아보니

내가 살아보니
인생 별 거 없더라

지나간 시간들
돌아보니 후회만 남네

부모님 살아 계실 때
좀 더 잘해 줄걸

아내와 연애할 때
좀 더 잘해 줄걸

아이 어렸을 때
좀 더 잘해 줄걸

살아보니
후회만 남네

# 책가방

흔들흔들
매달린 인형

알록달록
형형색색

사각형
삼각형
오각형

모양은
제각각이지만

없으면
등이 허전해요

# 봄의 시작

봄이 오면 세상은 활기를 되찾는다
대지는 겨울의 얼음 덩어리에서 깨어난다

자연은 꽃이 만발하고
태양의 따스한 온기로 눈과 얼음을 녹인다

튤립, 수선화, 장미가 활짝 피었다
향기로운 향기가 주변을 가득 채우고
겨울의 어둠을 몰아낸다

새들은 나무와 날개 위에서 감미롭게 노래한다
정원은 색으로 물들고 잔디는 초록으로 변한다

공기는 상쾌하지만 태양은 밝게 빛난다
이제 봄이 시작되나 보다

## 서점 나들이

광화문에 가면
이순신 장군 동상이 있고
청계천도 있다

쉬엄쉬엄
걷다 보면
교보문고가 보인다

교보문고 입구
돌에 새겨진 문구를 보면
"사람은 책을 만들고
책은 사람을 만든다"라는
글이 새겨져 있다

지금은 예전같지 않지만
그래도 사람들은
필요한 도서가 있으면
항상 교보문고를 찾는다

# 책상

걸어갈까
엘리베이터를 탈까

왼쪽으로 갈까
오른쪽으로 갈까

버스를 탈까
지하철을 탈까

갈팡질팡
마음을 잡지를 못하네

내 마음같이
어지러운 책상

# 가로등

해가 뉘엿뉘엿
저물 때 쯤
켜지는 가로등

가로등이 켜지면
그림자도 놀라
숨어버리네

오늘은 어떤 길로 갈까
가로등이 있어
밤길이 무섭지 않네

●

# 강남역

지하철 2호선
카드를 터치하고
지하철을 나오면
지하상가가 보이네요

수많은 사람들이
상가에서 물건을
고르고 지나다닙니다

8, 9번 출구로 나가면 교대방향
1, 12번 출구로 나가면 역삼방향
10, 11번 출구로 나가면 신논현방향
2, 7번 출구로 나가면 양재역방향

강남역에 나가면 가장 많은 게 뭘까
성형외과, 술집, 학원

1년 365일 항상 사람이 넘치는 강남역

# 나는 혼자인게 좋다

혼자 공부하고
혼자 운동하고
혼자 게임하고

골목에서
친구들을 만나면
뒷걸음 치게 된다

나는 혼자인 게 좋다

# 파주 출판단지

한달에 두 번
파주에 간다

파주 출판단지에
인쇄소와 교보문고,
북센을 방문한다

파주 주변에는
인쇄소와 제본사가 많은데
대부분이 창고형 건물들이다

그곳에서 책이 만들어진다
만들어진 책은 배본 창고를 거쳐
전국의 서점으로 배본된다

파주는 우리나라
최대 규모의 출판단지이다

# 꿈

새벽 2시
눈을 뜬다

새벽 4시
눈을 뜬다

새벽 6시
눈을 뜬다

이제는
일어나야지

오늘은
어떤 꿈을
꾸었을까

# 트럭

꼬불꼬불
꼬부랑길

왼쪽 오른쪽
흔들흔들

부왕~ 부왕~
휘청휘청

오늘도
새벽을
시작하는
트럭

# 정말 좋다

하늘에 흐르는 구름
강에 떠 다니는 풀잎

도로를 스치는 자전거
레일을 떠다니는 기차

내 눈에 비친
그 모든 것이 좋다

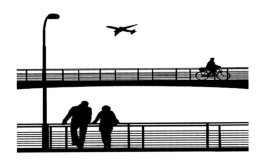

# 바람이 분다

바람이 분다
저 멀리 있는 구름을 타고

바람이 분다
나뭇잎을 타고

바람이 분다
내 머릿결을 타고

# 나의 기억

지나간 시간의 기억 속에서
특별한 장소가 떠오릅니다
지금은 그림자처럼 희미해진 흔적만 남았습니다

그 거리는 한때 북적거렸습니다
지나가는 많은 사람들의 이야기 소리, 자동차 소리
하지만 지금은 고요하고 텅 비어 있습니다

나는 같은 길과 모퉁이를 걷습니다
항상 익숙하게 걷던 길입니다
하지만 지금은 낯설게 느껴집니다

시간이 멈춘듯이 너무 조용합니다
하지만 내 기억속엔 아직 결코
사라지지 않을 기억으로 남아 있습니다

# 인생 봄날 1

싱그럽고 밝은 봄날,
나는 빛의 눈부심에 깨어납니다

태양의 따스한 빛이 내 얼굴에 스칩니다
봄날의 품에 안깁니다

싱그러운 공기를 마시며 크게 심호흡을 합니다
향기로운 공기에 내 몸은 춤을 춥니다

부드러운 바람에 꽃들이 춤을 추고
주변의 풍경들, 한 순간에 멈추네

잔디는 푸르고 하늘을 맑네
나는 공원을 산책하네

아무도 없는 조용한 벤치에 앉아
눈을 감습니다
세상의 소리가 내 귓가를 스치네

나뭇잎이 바스락거리는 소리가 들리고
벌레들의 숨소리, 물 흐르는 소리

내 인생의 봄날이 다가옴을 느끼네
오늘 같은 봄날에는

# 인생 봄날 2

활짝 핀 꽃들이 봄바람을 맞으며
유유히 흩날리는 모습을 보면
내 마음이 따뜻해지네

새들의 울음소리와 함께
시작되는 인생의 봄날
언제나 새로운 변화와 기회를 찾아
하나씩 꿈을 이루어 나가는 순간들

눈부시게 빛나는 나의 인생
가족, 친구, 사랑하는 이들과 함께하는 시간,
그 누구보다 소중하게 간직할 순간들

봄날의 따스함과 함께
당신의 인생도 행복하기를 바랄게요
그리고 언제나 희망찬 인생을
살아가길 바래요

# 나의 삶

삶, 삶, 삶, 우리가 밟는 꽃길,
한 걸음 한 걸음 내딛을 때마다
꽃잎이 부드럽게 펼쳐지네

구불구불 길은 황금빛 들판 사이로
이야기를 만들어 가네
향기로운 이야기, 이제 시작이네

하지만 그 길에는 날카로운 가시도 있네
항상 꽃길만 걸었으면 좋겠지만
날카로운 가시도 내 삶의 하나라네

한 걸음 한 걸음 내딛을 때마다
우리는 배우고 성장합니다
보다 강해지고, 보다 현명하게

삶, 삶, 삶, 우리가 밟는 꽃길,
꽃잎 한 장 한 장, 앞으로 펼쳐질 순간

하루하루 소중히 간직해야 할
아름다움과 희망, 나에게 들려줄 이야기

우리의 여정이 끝날 때면
지나온 꽃잎들을 돌아보며
과거를 회상합니다

꽃잎 하나하나에는 우리의 지나온
추억이 남아있네

## 누구를 닮은 걸까

바람이 속삭이는 날에
하늘에서 눈물처럼 빗방울이 떨어집니다

바람 불고 비 오는 오늘 같은 날
내 눈물인지 빗물인지 구분이 안 가네

창문에 비친 내 모습
누구를 닮은 걸까

# 기회

기회, 찰나의 순간,
그 순간을 잡는 사람이 성공한다

나에게는 어떤 기회가 올까
아니 벌써 왔을까

내 인생의 몇번의 기회가 올까
지금 생각 해 보면
무수히 많은 기회가 온 것 같네

앞으로 새로운 기회를 잡기 위해
열심히 움직이네

새로운 기회를 잡기 위해
새로운 일을 시작할려고 하네

해보지도 않고 후회하지 말고
시도하고 후회해도 늦지 않네

기회라는 찰나의 순간을
같이 잡아 보세

# 나는 지금 이대로가 좋다

찡그린 나
웃고 있는 나
울고 있는 나
삐죽거리는 나
인상 쓰는 나

어떤 표정을 짓던
모두 나다

나의 모습
지금 이대로가 좋다

# 희망의 시작

이제 시작이네
희망을 꽃피우기에는
아직 늦지 않았네

이제 3월이네
희망을 이야기하기에
아직 늦지 않았네

이제 내 인생은
새롭게 시작하네
이제 봄이 시작하네

# 새로운 인연

현관문을 열고 나가니
세찬 바람이
얼굴을 스친다

엘리베이터를 타고
지하주차장을 지나
나가니 세찬 바람이
몸을 스친다

오늘은 봄바람같은
즐거운 인연을
만나면 좋겠다

# 너도 그랬으면 좋겠다

비가 와도
꽃은 피고

바람이 불어도
꽃은 피고

눈이 와도
꽃은 핀다

너도 꽃처럼
그랬으면 좋겠다

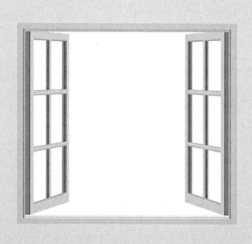

제2부

사랑을 그리다

# 첫 눈 오는 날

손을 잡고 눈 덮인 거리를 걷는 순간
우리 주변의 세상은 조용해집니다
우리가 보는 것은 떨어지는 눈송이뿐입니다
시간이 멈춘 아름다운 순간

발밑에서 눈이 부서지며
차가운 공기에 코끝이 찡하고
입김이 안개처럼 피어오릅니다
우리 서로 얼굴을 보며 미소 짓습니다

우리는 잠시 걸음을 멈추고
하늘의 아름다움을 쳐다봅니다
우리는 눈 덮인 거리를 계속 걸어갑니다
서로의 사랑의 온기를 느끼면서

밤이 내리고 눈도 계속 내립니다
지금 이 순간이 영원히 기억되었으면 좋겠습니다
우리가 만나는 순간, 영원히

# 강가에서

강가에서 손을 맞잡고
여자친구와 서 있어

부드러운 바람
물에 잔잔하게 흐르고
물에 반사되는 하늘

우리의 사랑같이
강은 계속 흘러가네

# 공원에서의 소풍 1

높은 나무 그늘 아래서
너와 나만 담요를 덮고
태양은 빛나고

새들은 노래하고
우리의 사랑은 커지고
우리의 심장은 울리고 있습니다

지금이 우리의 순간이야, 너와 나
푸른 하늘 아래서 소풍을 함께 하는 것
세상은 사라지고, 시간은 멈춰선다
우리가 여기 누웠을 때

이 풀이 무성한 언덕 위에

# 공원에서의 소풍 2

와인도 마시고 딸기도 먹고
몇 시간 동안 얘기하고 추억을 만들고
산들바람은 잔잔하고
공기는 달콤하고
우리는 사랑에 빠졌고

이 순간은 영원해
이 감정은 진실이야
당신과 함께한 이 시간에 감사합니다
우리는 항상 이 아름다운 날을 기억합니다
우리의 사랑은 모든 면에서 더 강해질 거예요

# 와인과 미술 수업

색깔을 섞을 때
술잔에 든 포도주처럼
감정도 섞이도록 하라
당신이 만드는 붓놀림은 포도 덩굴과 같아서
하나하나가 특징과 풍미를 더해줍니다

좋은 와인이 시간이 걸리는 것처럼
좋은 그림도 시간이 걸립니다

복잡한 포도주의 깊은 층처럼
나의 그림도 깊이를 더합니다

당신의 캔버스는 붓질할 때마다
당신의 이야기가 전해지기를
기다리는 빈 슬레이트입니다

아름다운 교향곡의 음처럼
색깔들이 함께 어우러집니다

현재의 순간에 집중하고
손에 들고 있는 붓에 집중하고
다른 것들은 순간적으로 사라집니다

## 요리교실에서

부엌에 모여, 요리할 시간이야
재료가 다 준비되었나요
냄비와 팬이 준비되었나요
불을 켜죠
우리는 특별한 요리를 하니까
이제 밥 먹을 시간이에요

각각의 재료로 잘게
다지고 저으며 양념하고
냄새와 맛
음 정말 훌륭해요

우리가 함께 요리를 하면서
우리는 추억을 만들고
요리에 대한 우리의 사랑은 빛난다

# 라이브 카페에서

칵테일 마시고, 밴드의 라이브 공연을 보고

네 손이 내 손 안에 있는 것 같아
우리가 머물고 싶은 곳이야
음악은 우리를 움직이게 했고
우리의 심장은 빠르게 뛰고 있네
당신과 함께 이 라이브 카페에 있는 것이
너무 행복합니다

너와 내가 하나가 되면
우리의 사랑은 허공에 떠 있고
라이브 카페는 우리의 안식처야
서로의 품에 안겨
우린 자유롭고
자유로워

우리의 사랑은 음악과 같아
절대 지치지 않아
내가 너를 꼭 안아줄게

당신과 함께 있는 이 곳이
내가 머물고 싶은 곳이야
이 순간에 함께, 너와 나만

# 행복한 자전거

신선한 공기를 마시고
시름은 뒤로 하고
멋진 경치는 우리 앞에 있고

산과 나무 사이로
자전거는 달리네
우리의 마음은 열려 있고
우리의 영혼은 자유롭네

오솔길은 꼬불꼬불하고
오솔길은 가파르고
우리가 지나간 여행은 가치가 있고
간직할 추억도 있네

강물 소리,
나뭇잎이 바스락거리는 소리
꽃향기와 산들바람의 속삭임

우리의 마음은 열려있고
우리의 영혼은 자유롭네
우리의 마음은 가볍고
우리의 사랑은 영원하네

# 콘서트장에서

내 곁에서 너를 보면서
나는 내 심장이 시작하는 것을 느낀다

음악이 연주되는 비트에 맞춰
흔들리는 심장은

우리 같이 있으면
난 살아있는 것 같아

우리의 심장은 하나로 뛰고
그 순간 다른건 중요하지 않아

지금 이 순간, 우리 둘 다 자유야
나는 당신의 사랑이
나를 감싸고 있음을 느낀다

네가 여기 있으면, 난 살아있는 것 같아
우리의 심장은 하나로 뛰고
다른 건 중요하지 않아

# 우리의 저녁식사

오늘 밤 테이블에 앉아서
우리 주변의 모든 것은 특별하다
촛불이 깜박이고
우리는 와인을 마시고 있네

지금 이 순간엔 너와 나뿐이야
우리의 생각, 희망, 꿈을 공유하는 것
우리가 한 입 한 입 모든 맛을 음미할 때
우리의 사랑은 우리가 포옹하는
순간마다 더 짜릿하네

음식이 맛있고, 웃음은 끝이 없고,
너와 함께한 모든 순간들은 가치가 있네

이 순간은 값을 매길 수 없는 순간이야
우리가 필요한 건 그것뿐이야
미래가 어떻게 되든
우리의 사랑은 지금 현재 진행형이야

# 가까운 곳으로의 여행 1

비행기를 타고 자동차를 타고
쏟아지는 비를 뚫고 밤새도록 운전할 거야
당신과 가까워지기 위해
바다를 건너 높은 산에도 오를 거야
난 무슨 일이든 할 거야
너와 가까워지기 위해

당신의 아름다운 미소를 보기 위해
내 사랑에게 가까이 가기 위한 여행
모든 걸음, 모든 노력의 가치가 있어

너를 위해 떠날 거야 내 고향을 떠날 거야
어디든 너를 향해 달려갈거야
사랑을 위해서라면 뭐든지 할게요
긴 거리가 장애물이 되지 않을게요

# 가까운 곳으로의 여행 2

나는 여행을 떠났네
내 가슴을 뛰게 하는 사람과 함께하기 위해
산과 바다와 하늘을 넘나들며
그대의 눈을 바라보기 위해

내 연인에게 가까이 가기 위한 여행
거리는 중요하지 않아
난 폭풍을 용감히 맞서고 두려움에 맞서고
널 만나면 꼭 안고 눈물을 닦아줄게

난 사막을 걸을 거야 추위도 견뎌낼 거야
내 사랑이 있는 곳이면 어디든 갈 거야
난 미지의 세계를 헤쳐 나갈거야
당신을 내 품에 안기 위해

# 영화관에서

영화관에 들어서니 불빛이 희미해지네
내 자리를 찾으니 가슴이 벅차오르네
설렘과 기대와 기쁨으로
영화가 곧 시작되네. 멋진 밤이네

영화 속 노래 가사
스크린에 생명을 불어넣네
음악은 우리를 우리가 본 것 너머
새로운 세상으로 데려가

영화가 끝나면 조명이 켜지고
엔딩크레딧이 흐르면서 끝이 나네
하지만 영화속에 대사와 노래는
우리의 마음과 정신 속에 남아있어
그들의 이야기는 끝나지 않았네

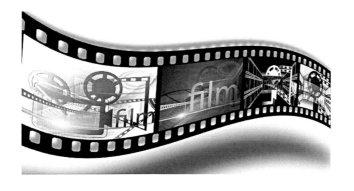

# 미술관을 다녀오며

손을 잡고 미술관을 거닐다 보니
우리를 둘러싸고 있는 예술 작품들은 모두 화려하네
색과 질감, 그들이 말하는 이야기들
우리의 사랑은 깊어지고, 우리는 그 마법에 걸렸어

미술관을 나오며 우리는 서로를 꼭 안아주며
감동의 여운을 느꼈어 아름다운 밤이었어
우리는 다시 방문하여 새로운 것을 볼 거야
우리의 사랑과 예술은 영원할거야

# 놀이공원

우리는 놀이공원에 왔고, 태양은 밝게 빛나고 있어
우리의 심장은 롤러코스터처럼 뛰고 있어
우린 함께 있어, 소중히 간직할 추억을 만들거야

놀이공원에서 놀고 있는 연인들
스릴과 설렘, 우린 손을 잡고 즐겁게 놀고 있어
우리의 사랑은 끝나지 않을 거야 이제 막 시작됐어

회전목마가 돌아가고 우린 빙글빙글 돌고 있어
우리의 웃음은 공기를 채우고 발은 땅에서 떨어지고
우리는 잊지 못할 추억을 만들고 있어

우리의 사랑처럼 달콤한 솜사탕
우린 범퍼카도 타고 게임도 하고
서로의 마음을 확인하는 거야

# 해변에서의 하루

연인과 함께한 해변에서의 하루
태양이 입맞춤한 모래와 공기
파도 소리, 스쳐가는 멜로디

우리는 손을 잡고 걷고
우리의 심장은 하나로 뛰고
수평선까지 뻗어있는 끝없는 바다

우리는 하늘을 날아가는 갈매기를 봅니다
우리만의 왕국 모래성을 만듭니다
우리의 사랑의 요새
파도에도 버틸 수 있을까

하루가 저물어 가면서
우린 앉아서 저무는 해를 바라보네
우리는 서로를 안고 사랑의 말을 속삭인다

# 대관람차 타기


하늘로 천천히 올라가네
하늘로 천천히 내려오네
연인과 함께 앉아 지평선을 바라보네

더 높이 올라갈수록 세상이 뒤로가네
아래 세상은 우리 둘만의 꿈 같네
우리 둘만의 세계가 펼쳐지네

창문을 여니 찬 바람과 얼굴에 비치는 태양
이 평화로운 공간에서 우리의 심장은 하나로 뛰네
이제 밤이 되었네
우리 위의 별들은 너무 밝게 빛나고
끝없이 펼쳐지는 마법 같은 세상

연인과 함께 있는 이 순간은
영원히 소중히 간직할 추억입니다
순수한 사랑의 순간을 영원히 간직하였으면 좋겠네

# 야구장에서

방망이 소리, 관중의 함성,
조용하고 시끄러운 소리의
교향곡이 펼쳐집니다

연인의 손을 잡고 자리로 걸어갑니다
경기장을 바라보는 관중들
선수들이 나올때마다 울리는 함성
그 광경은 우리를 흥분하게 합니다

공이 하늘로 솟아오르고
선수들은 베이스를 향해 힘차게 달립니다
우리 팀이 앞서갈 때 우리는 환호하고 박수칩니다

승패는 중요하지 않아요
우리가 함께 하는 순간이 중요하죠
우리는 손을 맞잡고 앉아 경기를 지켜봅니다
경기는 끝났지만 우리의 사랑은 더 깊어갑니다

# 자동차 레이싱

우리가 나란히 서 있을 때
우리의 심장은 리듬에 맞춰 뛰고
우리의 영혼은 고조되고
우리 주위의 에너지, 전기와 생동감

엔진은 굉음을 내고 타이어는 삐걱거리고
속도와 파워 그들이 트랙을 힘차게 질주하는 동안
우리는 주변 공기로 인해 심장이 뜁니다

머릿결에 부는 바람, 피부에 닿는 태양
우리는 미소를 지으며 선수들을 응원합니다
짜릿한 스릴에 눈을 떼지 못합니다

숨길 것 없이 한계에 도전하는 순간
그 순간에는 다른 건 아무것도 없습니다
레이스가 끝나고

우린 서로를 바라보며 마음을 다독여주네

이 순간이 찰나라는 걸 알기에

# 자전거 하이킹

구불구불한 거리
자전거를 타고
완만한 코스를 따라
페달을 밟으며
머리에 부는 시원한 바람
얼굴에 비치는 뜨거운 태양

빛에 비친 다이아몬드처럼 반짝이는 강물
연인과 나의 얼굴을 스치는 바람
우리가 그늘을 지나갈 때 나무가 바스락거린다
바람을 맞으며 함께 달릴 때
우리의 사랑은 어디든 갈 수 있어

# 모닥불 피워 놓고

타닥타닥
우리의 사랑이 타 오르네

손 잡고 있던
그녀의 손이 따뜻해지네

물끄러미 바라보던
그녀의 얼굴 홍조 띠었네

타오르는 불꽃처럼
우리의 사랑도 타 오르네

# 우리의 사랑

좋아하는 사람이 오기를 기다리면서,
내 마음은 설렘주의
어떤 옷을 입고 나올까
무슨 이야기를 할까

상대방이 미소를 지으며 나에게 다가오는 순간
긴장했던 마음이 따뜻함으로 녹아내립니다
우리는 서로의 눈을 쳐다보며
옅은 포옹을 합니다

산책을 하며 걷는 것만으로 우리의 사랑은
더 깊어갑니다
그녀의 말 한마디 한마디가 저를 기쁘게 합니다
그녀와 함께 보내는 모든 순간들이 소중합니다

# 맺음말

　인생과 사랑은 우리가 경험할 수 있는 가장 아름다운 경험입니다.

　인생과 사랑은 기쁨과 고통, 그 외의 감정들을 느끼게 해 줍니다.

　우리는 사람들 속에서 크고 작은 상처들을 받기도 하고, 불확실한 미래에 힘들어 하기도 합니다.

　지금을 살아가는 시간이 얼마나 감사한 행복인 줄 압니다.

　이 시를 통해 우리의 여정을 되돌아보고 힘든 순간에도 사랑과 행복에 대한 희망이 항상 존재한다는 것을 알려드리고 싶었습니다.

지은이 **이다은**

매일 아침 눈을 뜨면 책을 읽는다
항상 부족하지만 보다 완벽해지기 위해 노력한다
내 생각을 글로 옮기는 게 너무 좋다
한 걸음 한걸음 차근 차근 내딛어 보겠다
글쓰기라는 긴 여정에 참여하게 되어 행복하다

---

## 당신이 내 곁에 있었으면 좋겠습니다

초판 1쇄 발행 2023년 4월 30일

**지은이**  이다은
**펴낸이**  백광석
**펴낸곳**  다온길

**출판등록** 2018년 10월 23일 제2018-000064호
**전자우편** baik73@gmail.com

ISBN 979-11-6508-525-4 (03810)